가지산 풍경소리

법공 스님 지음

대양미디어

청소년들의 세상을 지키는 마음으로

오늘 우리 청소년들의 모습은 미래 우리 국가의 모습입니다.

자기목표를 세우고 소신 있게 도전하는 사람일수록 자기성취를 쉽게 달성합니다. 도전하는 의욕과 동기를 부여하는 것은 바로 우리 어른들의 할 일입니다.

그런데 우리 사회 청소년문제는 일선 가정에서 기인하는 게 대부분입니다. 그만큼 가정에서의 부모역할이 중요합니다.

가슴을 열어 아이들을 포용하기 위해 생각날 때마다 마음공부를 하듯 시편을 정리한 것이 근 100여 편에 이르러 『가지산 풍경소리』라는 이름으로 80여 편을 뽑아 한 권 책으로 엮어 청소년들에게 선물하려 합니다.

체계적으로 문학을 공부한 것도 아니고 문단 활동도 아직은 걸음마 수준입니다. 몇 편의 작품을 '한국문예학술저작권협회'에 등재하면서 자연스럽게 작품을 모으다보니 책의 모양을 갖추게 되었습니다.

찬불가로 만들어진 것도 있고, 가요와 동요로 만들어진 것도 있습니다.

청소년 포교의 다양성을 꾀하다보니 자연스럽게 만들어진 노랫말들입니다.

그래서 서정적인 시보다는 선언적 의미를 담은 시편들이 많아졌습니다. 한편 한편이 격문처럼 생각될지 모르지만 법문을 들려준다는 마음으로 쓰다 보니 제언처럼 만들어진 글도 있습니다. 문학성을 떠나 청소년을 위한 종교지도자의 바램을 적었다는 생각이 큽니다.

이 책의 노랫말로 곡이 만들어진 것도 20여 편 되지만, 악곡의 특징을 살리기 위해 차후 '노랫말 작곡집'을 따로 만든다는 생각으로 이 책에는 노래 글만을 수록하였습니다.

늘 부처님 회상에서 자랑스럽게 설 수 있는 모습으로 살고자 합니다.

백련홍련 가득한 덕진 연못을 지나오며 연꽃만치나 순수한 우리 아이들의 꿈을 펴게 도와주자는 각오를 다집니다. 인연에 감사합니다.

을미년 팔월
법공 씀

1부 발자국을 따라 가는 길

2부 높은 산 푸른 물

3부 가지산 풍경소리

4부 부처님과 부르는 노래

5부 내가 남기는 그림자

제1부

발자국을 따라 가는 길

아침명상

부처님
건강 잃지 않게 해 주십시오
부처님
사랑하는 마음 잃지 않게 해 주십시오
부처님
늘 감사하는 마음 갖게 해 주십시오
부처님

늘 나누는 마음으로 살게 해 주십시오
부처님
이 몸 인연의 종자로 쓰이게 해 주십시오.

* '白蓮寺紙 4월호'

손잡고 가는 길

손을 잡자
벽을 허물자

부족함이 있으면 돕고
남음이 있으면 나누고
외로우면 가슴을 열고 안아주자.

남과 북이 반목反目을 떠나
상생相生의 마당으로 나오는 길
우리 손을 잡자
얼싸안고 이제 분단分斷의 벽을 넘자.

이념의 벽을 넘어
한겨레의 동질성과 삶의 가치를 위해
손을 잡자
벽을 허물어 마당을 넓히자.

밥사발

내가 소유한 사발 하나
어머니가 정해 주신 밥사발.

속세의 인연 생각날 때
가끔 꺼내보는 그 밥사발
부모님은 이 사발에 삼시세끼
정갈한 음식 담아 주시려고
굽은 허리 한 번 펴지를 못하셨지.

이제 철이 들어 부모님 은혜
하나하나 추억하려니
못 이룬 그 은혜恩惠 갚는 일.

법문 읽고 목탁을 치며
종루의 법고를 높이 울려도
하늘의 부모 한번은 들으실까

열린 하늘 닫히고
비단이불 편 노을이 번질 때마다
범종梵鐘과 같이 웁니다.

* 명상신문 11, 7월호

울 력

숲에 넘어진 나무 베어다
겨우내 땔감으로 갈무리하고

텃밭 만들어
열무, 상추, 배추, 무
철따라 토란과 고구마, 감자도 묻어
양식으로 거둬드리는 울력

농사짓고
개울에 징검돌 놓는 일 하나도
복덕을 짓는 일.

해와 달
날마다 하늘 열어
하루 역사를 장엄하듯
우리가 행한 작은 이 공덕도
부처님 회상에서 아름답게 새겨지리.

청소년 교류

네가 내가 되고
내가 네가 되어 웃을 수 있는 한 마당
음악이면 어때

바다를 건너 현해탄을 건너
마음으로 달려가고
가슴으로 이해한다면
수백 년 우리 조상들의 한恨도 풀 수 있겠지.

음악으로 하나 되던 날
우리는 우리가 사는 땅 넓은 줄 알았고
우리가 보는 하늘 높은 줄 알았지.

내가 네가 되고
네가 내가 되어 지구촌의 주인이 된다면
그래, 우리는 전쟁 없는 세상에서
노래 부를 수 있을 거야.

입대入隊하는 날

아들 입대하는 날
밤새 잠 못 이루고 뒤척이던 아버지
솔로 아들구두 닦아놓고
현관 나서는 아들 가슴으로 안았지.

"우리 아들 잘 할 수 있지?"
"아버지, 건강하게 다녀오겠습니다."
"그래. 부모그늘 떠나 국가의 간성으로 일하는 거야."

아들의 힘찬 거수경례
품안의 아들 이렇게 자랐구나.
손톱깎이, 도장, 면도날, 칫솔 손가방에 챙겨주고
어깨 다시 한 번 끌어안았다.

"이제 국가의 아들이 되는 거다."
"예. 아버지!"
아들 입대하던 날.

* ○○처사님의 기도를 듣다가

걸식乞食

걸식乞食이 부끄러운 것 아닌데도
입이 열리지 않는다.

부처님이 일러주신 공양供養의 방식
─일곱 집에 가서 음식을 얻어라.

보시布施한 돈으로 음식을 준비하고
함께 먹는데도
가르침 거스르는 것 같아 아프다.

내가 할 수 있는 일
나보다도 남을 먼저 챙겨주고
먹는 일
다른 이가 채움의 기쁨을 맛보는 모습
그 모습이 보기가 좋다.

방 생

시장에서 산 물고기
강에 방생放生하는 날

−윤회의 강을 건너
다음 생에는 인간으로 태어나라−
기도하는데

강물 저 아래
그물을 들고 물고기 방생하길
기다리는 어부漁夫들.

아,
우리 인간은 과연 어떤 존재인가?
이 죄업 어떻게 참회할까
인간방생人間放生,
하늘이 부끄럽다.

하기식下旗式

부대를 지나는 길목
하기식下旗式 나팔소리 들려옵니다.
무심코 지나가는 사람들 사이로
가슴에 손을 얹은 아이.
철조망 얹은
담장너머 바라봅니다.

'―의젓하구나! 학교에서 배웠니?'
'―스님, 저는 대한민국국민이니까요.'

* '통일교육 6월호'

천진불

아가의 웃음은
부처님 미소
아가의 미소는 부처님 마음.

방글방글 싱글벙글
세상을 바라보는 눈
부처님의 천안통.

삽살개

귀신鬼神을 쫓는다는 삽살개
신라시대부터 기르던 우리토종 특산 개
이제는 멸종위기滅種危機로
천연기념물天然記念物 368호로 지정되었지.

신라시대부터 주인에게 충직하고
큰짐승에게도 덤벼드는
대담함에 애완견으로 기르던 옛 이름 삽사리

푸른 털옷을 입은 놈
붉은 털옷을 입은 놈
청삽사리 황 삽사리
일제 강점기 때는 일본군 순사만 보면
물고 늘어져
총독부總督府가 '잡아 없애라'고 지시했던 개

우리 민족과 애환 함께한 삽살개
종種보존 잘 지켜갔으면.

칭찬하는 일

내 마음 내려놓고
칭찬하는 일
얼마나 힘든 것인 줄 알아?
친구 사이에는 더욱 그렇지.

－네가 잘 되었으면 좋겠다.
－친구야, 너만 행복하면 돼.
－네가 있으니 행복 해.

가슴 따뜻한 말. 사랑한다는 말
은혜 가득한 말
자비세상은 이렇게 만들어지는 거야.

하루살이

초여름 불빛보고 찾아와 아른아른
이 시간 안 돼
너에게는 시간이 없어

결혼도 하고
아기들도 낳고
여행도 다녀와야 하지 않니?

불빛만 보고 춤을 추다
언제 그 일을 할 거야.

인생도 너와 같은데
촌음을 아껴 살아야지
한눈 팔 시간이 어디 있어.

공부할 때 공부하고
일할 때 일하고
예쁜 각시 얻어 행복하게 살려면
목표 정하고 정진하는 거야.

하루살이 불빛 쫓다가
타 죽더라도
이승에 온 인연 사람과 같다니까.

법당에서 자는 미란이

여섯째 딸 미란이
아들 낳기 위해 낳다가 여섯 째 까지도 딸
할머니는 엄마를 구박하셨다지.

'또 딸 낳으면 절에 갖다 줘라.'

엄마는 부처님께
아들 낳기 서원하셨지만
여섯째로 나온 아기는 또 딸.

아기 울 때마다 내다 버리라는 할머니
그때마다 절에 와서 아기와 울던 미란이 엄마

아장자장 걸을 때
"스님, 어제 밤 부처님 꿈 꿨어요."
"그래. 무슨 꿈을 꾸었지?"
"부처님이 할머니에게 야단맞으면 오래요."

어느 해 여름 아기가 사라졌지.
밤늦게 찾아도 없을 때
대웅전 부처님 모신 좌대 옆에 자고 있던 미란이.
불 꺼진 법당 한 구석
눈물자국 가득한 미란이 얼굴

할머니는 그 모습보고
참회기도하시고 아기 업고 내려가셨지.
천둥번개 치던 그 날 밤
인연으로 온 아기 미란이
할머니는 안고 주무셨대.

국군의 표상 동래부사 송상현

임진왜란 발발 첫해
부산포 동래성을 에워싼 왜구들
'—성을 버리고 피난避難한들
백성들이 모두 살아남을 수 있겠느냐?'

동래성 성민들과 죽기를 한하여
싸운 동래부사 송상현!
그와 같은 충성스런 공직자가 있었기에
반도 삼천리는
역사 이래 390여 차례의 외침을 물리치고
국권을 회복回復할 수 있었다.

왜구들도 감동한 동래부사의 충성심
부사의 장례葬禮를 도와
의로운 죽음 칭송했었다는 기록.

호시탐탐虎視耽耽 남침의 기회 엿보는
북한과 대치하고 있는
오늘 우리 반도의 현실
모두가 주인의식을 가지고 맡겨진 책무
소홀히 하면 안 될 것이다.

* 2015호국보훈시화전 발표작품

그림 한 장의 메시지

어느 어머니가 아들 방문 앞에
마도로스 사진을 걸어두었지.

"어머니, 누구의 사진이어요?"
"내가 존경하는 사람, 외할아버지!"

삼형제는 그 사진을 보며
바다는 넓고 크며 세계를 잇는
교통로라는 것을 알게 됐어.

큰아들은 외항선 항해사가 되었고
둘째아들은 해군에 입대해 구축함 선장이 되고
막내는 원양어선의 기관장이 되었지.

어머니가
아기들 방에 걸어두었던 사진 그 한 장
삼형제 바다의 사나이로 만든 것이었어.

모든 일에는 성취동기가 있듯
우리 청년들에게는
자기 목표가 먼저 있어야 할 거야.

교토의 조선인 귀 무덤

일본 교토 국립 박물관 뒤에 토요구니신사
임진왜란王辰倭亂에서 정유재란에 이르는
7년간의 조선침략(1592~1598) 주도한
풍신수길을 기리는 신사.

이곳 왼쪽 전방에 대형무덤
조선인의 귀와 코를 잘라 소금에 절여
전승의 상징으로 삼은 귀 무덤
코를 잘랐다는 야만적 행위 감추기 위해
귀 무덤으로만 표기된 무덤
조선인의 원한 서린 무덤이지.

임진왜란 때 경쟁적으로
조선사람 코와 귀 자른 왜구들
그들은 무덤을 만들고
전승의 결과로 사적史蹟으로 지정하고 있는 거야.

불과 400년 전에 있었던 우리역사
숨길 수 없는 치욕의 역사
그런데 왜 우리는

임진왜란 기간 중에 숨진 왜구들
전남 왜덕 산에 묻어주고 보살펴야 하는 거지?

귀 무덤은 일제 침략의 명확한 증거證據
우리가 잊지 말아야 할 역사
다시는 되풀이 되지 말아야 할 만행
이제는 우리 청년들이
역사의 대장정을 준비해야 해.

굴욕의 역사
치욕恥辱의 역사 바로 세워야 한다고.

제2부

높은 산 푸른 물

청 년

청년은 금이다.
하늘이다
미래다.

두려움을 모르는 사자獅子다.
국가의 자산이다.

관세음보살님

내 일심一心으로 정진하며 모신
관세음보살님

시절인연을 찾아
청소년들의 상담사로
인간사 희노애락 들으며
갈등했던 많은 시간들.

갈등이 있다는 것은
선명한 목표가 있기 때문이며
고민이 있다는 것은
양심의 근간이 파괴破壞되지 않았다는 믿음
기도로 답하시고
내 서원 질책하신 관세음보살님.

해당화 피고 지는 바닷가에
동박새 찾아와 울고 가도
인연 찾아오는 발길 잡고
오늘도 바람이야기 들려줍니다.

연평도에서

조기와 꽃게 파시波市를 이루던 섬
연평도
황해도 남단의 꽃게 섬.

남북교류 중단되며 발생한 연평해전
가슴 쓸어내리던 사건
평화롭던 바다도
일순간 전쟁터로 변할 수 있다는 사실
우리는 생생하게 보았지.

서해 5도섬
고도의 전술장비戰術裝備가 배치되고
첨단 장비로 경계 강화되어
도발행위 응징하겠다고 벼르는 모습
절로 눈물이 나.

남북이 통일을 위해
대화로 현안문제 풀어나가도 부족한 오늘
북한도 잠수정潛水艇 기지

공기 부양 정 발진 기지를 짓더니
탄도彈道미사일 발사기지發射基地 완공했다네.

한반도 평화는 요원한 것인가
자라는 우리 청소년
전쟁공포戰爭恐怖 잊게 해 줄 수는 없을까.

백두산 영봉에서

우리민족의 영산 백두산
중국이름 장백산
분단의 벽으로
중국 땅을 밟고서야 오를 수 있는 우리 산

어쩌다 민족의 영산靈山도
반쪽을 중국에 빼앗겨 이름까지 잃었다.

영산의 물줄기 흘러
동북으로는 흑룡黑龍강과 송화강의 젖줄
서로는 압록강
동으로는 두만강을 만들었지.

계곡에 용솟음치는 온천수와
화산폭발 시 묻혔던 탄화炭化 목이 여기저기
얼굴을 내밀고 반기네.

골짜기 마다 우리 기업이 짓다가
중국정부에게 몰수沒收당한 호텔과 여관들
대륙의 입김 이렇게도 센 것인가?

백두산 영봉에서 바라본
고선지高仙芝 장군과 광개토대왕이
넓힌 간도지방의 영토
다시금 바라보는 우리 옛 국토
우리가 찾아야 할 자산資産
가슴에 깊이 새겨봐.

* 2014호국보훈시화전 발표작품

무궁화 꽃

신라시대부터 심어오던 울타리나무
품종개량으로 이름만도 이제 130가지
나라 꽃 무궁화.

일제 강점기 때는
조선인이 즐겨 심는다는 이유만으로
뽑아서 불에 태우던
수난의 역사를 가진 나무.

백색은 한겨레의 순수성을
홍색은 정열과 영원성을 뜻한다 했지.

차로도 끓여 마시고
울타리에 심어 짐승들도 들지 못하게 했던
겨레의 꽃

그러나 정작 나라꽃으로 정해진 일도 없이
다 같이 가꾸고
마음으로 사랑하는 무궁화 꽃.

경주 통일전을 보고

우리 민족 통일의 의지와 염원
다짐하기 위해
부처님 오시던 길 칠불암七佛岩길 옆에 조성한
경주 통일 전

통일을 준비하던 역대 조상들 중에
삼국통일을 준비한 태종 무열왕
그 대업 이룩한 문무대왕의 영정을 모신 전당殿堂.

우리 국난 극복사를 기록화로 전시하고 있는
긴 회랑에는 민족혼 살아 오르고
그 회한 깊은 역사의 숨결 녹아든 서출지에는
올해도 백련 홍련紅蓮 白蓮
꽃 모자가 수려하네.

해상 왕 장보고

바다를 개척한 자著
바다를 통해 부富를 일궜지.
일찍이 무역을 통해 바다의 왕이 된
위대한 상인 장보고張保皐.

중국과 일본
멀리 베트남과 타이완 버마까지
장보고는 무역을 통해
바다를 열었고
우리나라를 세계에 알렸지.

한반도의 지역적 경계를 떠나
대양을 지배했던 위대한 선인先人
장보고의 기백과 용기로
오늘 땅 끝 풍요의 땅 완도에서
청소년들의 해양 꿈이 익어가네.

임진각에서

돌아오지 않는 다리에서 오늘도 늙은 아버지는
북녘하늘을 본다.
남북으로 국토가 분단된 지 65년.
살아계실까 내 아버지 어머니
두고 온 동생들과 누이들.

망배 단 한 쪽에서
망향의 큰 절 올리며 눈물을 떨 군다.
지구촌 어느 나라가 지적에 고향을 두고도
갈 수가 없는 곳이 있을까

한겨레 한 핏줄로 자라온 형제들이
어쩌다 이토록 철 천지 원수로만 바라봐야만 하나.
정전 65년 동안 수차례의 도발과
수많은 인명을 무고하게 살육한 괴뢰들
오로지 힘을 길러 힘으로 제압할 수 있을 때
우리의 통일은 이룰 수 있으리라.

전투체력 연마와 전술능력 배양으로
초전에 박살내겠다는 임전태세臨戰態勢를 갖춘다면
겨레여 통일은 기필코 우리 손으로
이룰 수 있을 것입니다.

* 2015백마고지역사 게시작품

임진각 망배단에서

두고 온 고향
가지 못하는 북녘 땅
전쟁으로 헤어진 이산가족離散家族들
가족을 부르며 북녘하늘을 봅니다.

노랑리본 비 끄러 맨 철조망
흐느끼는 바람소리에 귀가 멍멍
임진각 망배 단.

생사모르는 부모 형제들
어림잡아 제사 모시는 사람들
정갈한 음식 철조망 앞에 차려놓고
절을 올립니다.

통일,
통일이 될 때까지만이라도 부디 살아계십시오.

* 2015백마고지역사 게시작품

평화통일을 위해

우리역사 되돌아보면
지정학적으로 대륙에 연한 반도半島
태평양으로 나아가는 길목.

하늘이 열린 이래 390여 차례의 외침
국민 스스로 물리친 호국의 역사

광활한 만주대륙을 지배했던
광개토왕과 고선지 장군의 얼이 숨 쉬는 땅
멀리 베트남 일대까지
경제영역을 넓힌 해상 왕 장보고
세종대왕은
독창적 문자를 창제하여
민족문화의 가치 알게 했지.

세계 160여 개국 중에 23위의 경제 부국
이념논쟁으로 다투지 말고
분단조국의 평화통일을 위해
힘을 모아야지.
대화로 갈등을 풀어야지.

낙산대불

한반도 등허리 낙산에서
동해를 본다.

반도인半島人의 식탁을 책임지는
바다의 텃밭 동해
이 길로 태평양의 길이 열리고
캄차카 열도에 이르는 길이 있다.

그 길목 대양을 밝히는 낙산대불
바다를 지키는
우리들의 부처님.

동해 북부노선을 이어 극동 블라디보스토크에서
러시아 흑해 연안까지 달려갈 수 있는 날
대불은 그 꿈 가슴에 안고
바다를 지키신다.

귀의 관세음
나무 관세음.

DMZ

세계유일의 군사분계선軍事分界線
남북을 경계로 동서로 155마일.
그 누구도 넘을 수 없는 분단의 벽壁.

1953년 전투중인 현 진지를 경계로
가로 그은 휴전선
전쟁 잠시 멈추고 경계선을 사이로
남북으로 2㎞씩 물러선 완충지대.

이 완충지대에 평화공원 만듭시다!
유엔공원을 만듭시다!
모두가 평화 갈구하는 소리.

남북이 대처하며
땅 밑으로 원거리 땅굴을 파고
무장공비武裝共匪를 남파하고
호시탐탐 도발 일삼던 적敵.

분명 우리는 적과 대치하고 있다.
입으로 평화노래를 할 것이 아니라
통일이 이뤄지기 전까지
무장하고 빈틈을 보여서는 안 된다.

바로 후방의 평안과
자라는 미래 새싹들 안전을 위해.

간을 이식해준 아들

유도탄誘導彈 고속정 정장이 되겠다는 현민이
해군에 입대入隊하여 준사관이 되더니
스님을 찾아왔다.

─스님,
  아버지께 간 일부를 나눠드리고 싶어요.

간경화로 고생하는 처사님
잠수정潛水艦 함장까지 해보겠다는 아들
미래를 위해 거절拒絕했는데

─저는 부모님의 분신分身입니다
  제가 받은 몸 다시 돌려드리는 것
  자식으로 당연한 일입니다.

자랑스러운 대한 해군
법당法堂에서 또록또록 질문이 많던 현민이
국군의 간성으로
자랑스런 효자孝子로 태어났다.

＊ 계간 '효 문화' 여름호

팔만대장경

부처님의 가르침 목판에 새겨
연년세세 배우게 한 팔만대장경판八萬大藏經板.
국보 제32호.

대규모 국책사업으로
외침을 막기 위해 시작한 대장경 판각사업

역사를 보면 고려高麗가 판각한 대장경은
몽고와의 전투기간 중에
안타깝게도 대구 부인사에서 소실燒失되었다.

다시 대장도감大藏都監을 설치하고
강화도에서 시작한 판각사업
1251년에야 완성한 그 이름 재조대장경
해인사로 옮겨 보관한 것은 1398년.
1516종 8만 1258장의 판각板刻해
세계에 보존되고 있는 대장경 가운데
가장 완벽한 체재의 목판본이다.

부처님의 힘을 빌려 외침을 막고자 했던
간절한 호국불교護國佛教의 의지
우리 빛나는 유산은 이렇게 지켜지고
보호되고 전해왔다.

바다를 지키자

3면이 바다로 둘러싸인 한반도韓半島
반도 삼천리
우리 조상들은 이 바다를 지켜
조국의 안위를 지켜왔고 대양을 향한 꿈 키워왔다.

충무공 이순신 장군의 지략으로
왜구들의 조선 정벌의지를 꺾었으며
해상무역의 거인 장보고張保皐는 바다를 통해
원대한 해상왕국海上王國을 개척하였다.

역사를 살펴보더라도 바다를 지배한 자
세계사의 주역이 되었으며
바다를 지켜 온 자
막강한 부富를 축적蓄積하였다.

통일 한국을 준비하며
우리 바다를 지키는 첨병으로
우리 청년의 힘으로 바다의 역사를 새로 쓰자.

보시금

공양주 보살님에게 드린 용돈
예불禮佛 드리다보니
부처님 앞에 놓여있네.

그 봉투 들고 보살님에게 물었지.
─보살님이 부처님께 드리셨어요?
─예. 부처님이 먹여주고 재워주고 입혀주시니
　저는 돈이 필요치 않아서요.
─시장가시면 맛있는 거 사드시라고 했더니.

그 봉투 들고 산문山門을 나서는데
자전거 타던 학생 빵소니 자동차에 치어
다리가 부러졌어.

정형외과에 달려가 수술마치고
병원 처치 비 물어보니 42만원
봉투속의 돈도 42만원.
아, 그렇구나.
부처님이 미리 아시고
그 보시 금 쓸 곳 지정해 주셨구나.

* 2012. 6. 법륜 사에서

제3부

가지산 풍경소리

염주를 세며

새벽3시
명상하다가 불현 듯 일어나는 세상일
얼핏 듣고 본 뉴스와 사건들
세상일 내 것이 아닌데도
생각은 산이 된다.

염주 헤아리며
관음보살님을 부르고
아미타불을 부르고
석가모니 부처님을 불러도
번뇌의 무게는 크기만 할 뿐.

방문 활짝 열어 재끼니
문밖에 서성대던 바람 -우르르
어둠이 걷히는 새벽하늘
도망가던 어둠도
방으로 들어온다.

목탁 새에게

마루 끝에 찾아오던 개개비들
잠시 놓아둔 목탁구멍 드나들더니
제 집인 양 들어가
머리만 내밀고 본다.

－허허 이 놈, 그게 네 것이냐?

목탁 놔두고
사시불공 올리고 왔더니
목탁구멍 속에 알 두 개를 낳았구나.

얼마나 급했을까
어디서 집을 잃고
알 낳을 자리 찾아 헤매었을까

요사 채 기둥에 못 박고
개개비에게 빼앗긴 목탁木鐸 걸어주었지.
문득문득 바라보면
한 놈은 언제나 목탁 속에 들어가 있네.

공양주 스님은 이야기 듣고
잣 한 줌, 쌀 한 줌, 땅콩부스러기 한 줌
종지에 담아 보시布施하시네.
부질없는 인연 맺기
며칠 지나면
—잣 내놔라, 쌀 내놔라. 땅콩도.

그래도 위기를 맞아 찾아온 개개비
보기만 해도 귀엽다
고 새끼들이 목탁소리로 울 날이
왠지 기다려진다.

토끼가 듣고 있어요

우리들 이야기 다투는 말도
토기는 토끼는 듣고 있어요.
두 귀를 쫑긋 바로 세우고
누굴까 생각하며 듣고 있어요.

친구들의 거짓말 알고 있어요.
우리들 비밀도 알고 있어요.
토끼는 두 귀를 쫑긋 세우고
이야기 듣고서 웃고 있어요.

산신각 할아버지

1. 호랑이 타고 앉아계신 할아버지는
   우리 절을 지키시는 어른이래요.
   절이 있는 숲속에는 제일 윗자리
   할아버지 모신 집은 산신각이죠.

2. 산 지키는 할아버지 산신각에서
   앞산뒷산 산 이야기 듣고 계셔요.
   절에 오는 아이들아 싸움 말아라.
   인자하게 보고 계신 산 할아버지.

사월초파일

부처님 이 땅에 오신 뜻
나 때문이다.

탐 진 치 삼독三毒 버리지 못하고
망상妄想에 사로잡혀
꿈만 컸던 나

사성제
팔정도八正道를 가르치기 위해
일찍이 산문으로 부르시고
빛바랜 회색 옷 입게 하시니
인연의 굴레 위대한 역사.

목탁소리에 선잠을 깨고
풍경소리에 무상을 알고
범종소리에 인연의 소중함을 알아
찾아오는 인연
손 내밀어 잡는다.

부처님이 이 땅에 오신 뜻
바람이라
물이라
흐르는 구름 한 조각이라.
삶의 이 찰나에서는.

선방 마루

볶은 땅콩 움이 날까
기다린 것도 아닌데
누군가 마루 끝에 놓고 간 땅콩봉지.

딱새와 개개비 먼저 보고서
스님, 스님 부르지만
스님은 마음공부
눈만 퍼렇다.

노루 발자국

인적人跡도 드믄 산골짜기 암자
밤새 싸락눈 내려
바위산마루 백의관음白衣觀音 되셨구나.

밤새 달마達磨의 무문관
그 법의 경계境界 헤매다 돌아온 운수납자
구름 속 달려가는 달그림자 보다
창가에 일렁이는 댓잎竹보고
새벽길 노루 발자국
동동거리며 쫓아간다.

우란분절

조상의 은혜恩惠 감사하며
추념追念하고 제를 모시는 날 칠월 백중.

부처님 재세 시에는
목련존자木蓮尊者가 어머니 청제부인 천도를 위해
백 가지 음식을 마련하고
백 명의 스님을 모시고 경經을 외워
지옥계地獄界의 어머니 구원하셨지.

부모가 나를 잉태하여
낳아 기르실 때
흘리신 땀과 먹여 키운 젖의 무게
8섬 네 말.

부모 멸시하고 주먹질하는 자식
많아지는 추세 무엇 때문일까.

소젖을 먹어 그럴까
양젖을 먹어 그럴까

늙은 부모 떠나고 회한悔恨의 눈물
가슴으로 닦으면 뭐해.

만 행

스님 되어
고승대덕 만나길 서원誓願하고
길을 떠난 만행 길

금강산金剛山 건봉사에서
제주의 약천 사까지 천 8백리길
옛날이면
15년을 돌아 봐야 할 부처님의 집

떠돌이 수행자
무엇하나
요긴한 물건 드릴 수 없는 납자

거두어 길을 가르쳐 주는 이 없고
암자 내려오는 길
너 혼자 가라하시네.

본래 목적지가 정해진 곳 없고
시간 또한 정해진 것 아니라
감로수甘露水 찾아 떠나고
계곡 찾아 숨은 부처 찾아가네.

죽비소리

수행할 때 늘 나를 깨우던 소리
은사스님의 죽비竹篦소리
문득문득 떠오르는 인간사
그때마다 나를 경책하던 죽비.

화두話頭의 끝을 잡고
용맹정진勇猛精進 할 때
가끔 무상無常의 경지에서 보는 환희
나비춤 추는 무학을 본다.

장삼 고쳐 입지 않아도
눈眼을 들어 보면
법단 연화좌에 계신 부처님
바로 내가 찾던 아버지다.

목화나무 목화 꽃

텃밭언덕 구름보고 꽃을 피우고
뭉게구름 하얀 구름 구름 보더니
복슬복슬 구름솜을 만들었구나.

후렴 : 송이송이 하얀 솜 하얀 목화솜
　　　 언덕길에 하얗게 피워놨어요.

언덕길에 꽃피우고 놀고 있더니
희고 하얀 목화솜을 피워놓고서
뭉게구름 내기하자 뽐내고 있네.

엎드려 절 하오니

내 몸 낮춰 엎드려서 일심으로 절하오니
인연으로 오신님아 거절 말고 보옵소서
바람으로 왔었을까 윤회법도 따랐을까
이 내 몸은 부질없는 티끌 같은 존재이라
사바세계 인연지어 부처님 앞에 이르렀네.

후렴 : 나 엎드려서 절 하오니 고개 들어 보소서
　　　무진업장 소멸하고 부처님 앞에 설 수 있는지

합장하고 엎드려서 간절한 맘 사루어서
인연 찾아 법을 찾아 스승 찾아 왔었으니
구름으로 왔었을까 인연 따라 왔을까
육도윤회 끊임없는 돌고 도는 우리 삶
강물처럼 흘러흘러 부처님 앞에 이르렀네.

스님의 걸망

스님의 걸망에는 뭐가 들었나
몰라요 궁금해요 뭐가 들었나
할머니 좋아하는 사탕 들었나
우리가 좋아하는 동화책 있나
우리 맘 다 읽으신 우리법사님
걸망 속에 채워서 가져오셔요.

용 서

이해해요 용서해요 마음열고 말해요
사바세계 인간사가 용서하면 큰 세상
마음으로 말해요
부처님세상 열어가요.

사랑해요 은혜해요 가슴으로 안아요.
사바세계 시절인연 다시 보면 한 순간
사랑으로 말해요
자비세상 가꿔 봐요.

안거安居

화두話頭 하나들고
무문관無門關에 드신 우리 스님
선승禪僧의 공안이 무엇일까
선문禪門의 종지는 무엇일까

벽을 보고 한나절
달을 보내고 한 계절
확철대오 혜안慧眼의 경지
몇 안거安居를 성만해야
이룰 수 있을까.

문풍지門風紙 떨림소리에
개개비가 알을 깨고
포로롱 날아간다.

제4부

부처님과 부르는 노래

내 마음에 단비처럼

1. 부처님이 말씀하신 경전을 읽다가보면
   내 마음은 호수처럼 고요해져요.
   우리들이 살아가는 밝은 지혜와
   서로 돕고 사랑하는 자비의 마음
   톡톡톡톡 마음속에 지혜가 열려요.

   후렴 : 내 마음에 단비처럼 지혜의 말씀
        내 마음을 살찌우는 자비의 말씀

2. 법사님이 들려주신 법문을 되새기면
   내 마음은 바다처럼 출렁거려요.
   부지런히 공부하는 모범 어린이
   친구들과 사이좋게 모두 다함께
   톡톡톡톡 마음속에 사랑이 싹이 터요.

부처의 싹

우리들은 자성동이 아기부처님
육바라밀 실천하는 착한 어린이
법사님의 가르침을 따라 배우고
친구들의 모범되는 부처님의 딸(아들)

우리들은 OOO사의 자성동이들
부처님의 가르침을 배워 익혀요
용서하는 착한마음 우리 모두가
행동으로 실천하는 부처의 새싹.

유치원 가자

아이들아 모여라 유치원 가자
노랑버스 차타고 유치원 가자
우리 절의 법사님 기다리시는
우리 절의 유치원 어서 가보자.

친구들아 모여라 유치원 가자
재미있는 이야기 들으러 가자
그리기와 율동도 함께 배우고
부처님의 말씀도 함께 익히자.

우리 절 북소리

우리 절의 대북소리 둥둥둥둥
친구들과 함께 모여 어서 오라고
둥둥둥둥 대북소리 울려 퍼져요.

우리 절의 대북소리 둥둥둥둥
동네 친구 어서 와요 법문 배워요
둥둥둥둥 대북소리 나를 불러요.

재미있는 불교놀이

재미있는 불교놀이 뭐가 있을까
연날리기 사방치기 수벽치기도
풍물놀이 호기놀이 백중놀이도
우리조상 즐기시던 불교놀이죠.

우리들의 불교놀이 뭐가 있을까
백중놀이 연등놀이 성불도놀이
불꽃놀이 탑돌이에 풍등 날리기
우리 조상 즐기시던 전통놀이래.

✱ 불교동요

우리 절 범종소리

뎅그렁 뎅그렁 범종소리가
눈 쌓인 마을까지 울려 퍼져요
이 세상 모든 중생 번뇌 잊으라고
뎅그렁 뎅그렁 범종소리가
골짜기 강가에 마을 집집마다
사락사락 눈가루로 쌓여갑니다.
사락사락 눈가루로 쌓여갑니다.

부처님의 눈

법당에서 부처님의 눈을 보아요.
왼쪽에서 오른쪽에 가운데 앉아도
반쯤 감은 부처님 눈 나를 보셔요.
말해보렴 무슨 일야 솔직히 말해
말 안 해도 알고 있지 내 눈 못 속여.

절을 하다 부처님 눈 살짝 봤어요.
무슨 생각 하실까요 궁금했는데
반쯤 감은 부처님 눈 나를 보셔요.
할까 말까 나의 비밀 속 시원하게
말 안 해도 아실거야 부처님 눈은.

공양주 스님

우리 절의 멋진 스님 공양주 스님
어서 와라 반갑구나. 처음 만나도
배고프면 밥을 줄까 간식을 줄까
엄마처럼 다정하신 공양주 스님.

우리 절의 엄마 일을 하시는 스님
밥을 짓고 옷을 짓고 손님맞이도
시장하면 떡을 줄까 과일을 줄까
누나처럼 다정해요 공양주 스님.

* 불교동요

홍련백련 연못가에

찰랑찰랑 절 마당에 연못가에는
목탁소리 듣고 자란 꽃이 폈어요.
붉고 예쁜 홍련백련 웃고 있어요.
관세음의 미소일까 웃는 그 모습
바람결에 생글생글 웃고 있어요.

졸졸졸졸 절 마당에 연못가에는
염불소리 듣고 자란 꽃이 폈어요.
천사 얼굴 백련 꽃이 웃고 있어요.
백의관음 얼굴일까 웃는 그 모습
풍경소리 흔들흔들 웃고 있어요.

까까머리 동자스님

까까머리 우리스님 아기 동자님
개구쟁이 말썽쟁이 고집쟁인데
법당에선 절 잘하고 예의바르고
친구들의 모범이요 공부 잘해요.

까까머리 아기스님 우리 동자님
울보왕자 심술쟁이 말썽쟁인데
학교에선 모범이요 멋진 어린이
까까머리 놀려대도 웃기만 해요.

사천왕님 나오세요

1. 우락부락 사천왕님 일주문에서
   오는 사람 가는 사람 지켜보셔요.
   나는, 나는 절지키는 사천왕이야
   퉁방울눈 부릅뜨고 방망이 들고
   우리절의 경비대장 바로 나래요.

2. 창을 들고 칼을 들고 일주문에서
   가는 사람 오는 사람 지켜보셔요.
   얼굴보자 다시 보자 나는 사천왕
   발 구르며 호령할까 쇠망치 들고
   문밖으로 갈까 말까 발을 굴러요.

우리 할머니

기도하는 할머니 우리할머니
부처님을 호명하며 기도를 해요.
감사해요 고마워요 은혜로워요
부처님의 크신 은혜 자비로워요.
염주 세며 기도하는 우리할머니
아침저녁 부처님 전 손을 모으고
기도해요 서원해요 법문 읽어요.

거룩하신 부처님

경배합니다. 예배합니다.
거룩하신 우리 부처님.
사바세계의 어리석은 지친중생들
엎드려서 참회합니다. 서원합니다.
살다보면 아무도 몰래
지은 죄가 태산이요
엎드려서 부처님을 울며 부르는
업장소멸 서원기도 부끄러워요.

경배합니다. 예배합니다.
맑고 밝은 우리 부처님.
육도윤회 어리석은 중생들 모두
호계 합장 기도합니다. 서원합니다.
그 누구도 살다가 보면
지은 업장 태산이요.
참회기도 호명염불 울며 부르는
사바세계 부끄러운 우리의 모습.

인연의 발자국

1. 내 옷자락 한 번을 스치는 인연
   5백 생의 인연이요 과거의 업과
   지은대로 내가 받지 선업의 공덕
   부처님이 가르치신 윤회의 법칙
   일심으로 정진하여 벗어나야지.

2. 물 한 모금 보시 인연 내생에서는
   육도윤회 태어날 때 복이 되지요.
   세상만사 지은대로 법문그대로
   사바세계 번뇌고통 행한 그대로
   육바라밀 실천하여 벗어나야지.

자세 바르게

엄마 손잡고 걸어요.
자세 바르게
유치원 갈 때 집에 올 때도
자세 바르게.

아빠 눈사람

마당가에 서있어요 아빠눈사람
추운바람 불어와도 걱정 없어요.
털 코트에 밀짚모자 눌러쓰고서
밤새도록 뒤뚱뒤뚱 집을 지켜요.

바람소리 삐오삐오 뭐가 좋을까
숯검정 눈, 코도 삐뚤 웃고 있어요.
솔가지로 만든 손에 장대를 들고
함께 놀자 소리쳐요 아빠눈사람.

제5부

내가 남기는 그림자

유혹誘惑

나무를 흔드는 것은 바람뿐 아니다.
비바람 피하고 싶은 새들
그늘에 쉬려는 짐승들
배고픈 벌레들
나무는 그냥 서있을 뿐

－스님, 자동차 한 대 사드려요?
－작은 토굴 하나 지어드릴까요?
－승복 지어 드리고 싶어요.
－스님, 성지순례 같이 가요.

부처님 향한 지극한 자비마음
물욕 쫓다보면 세상사만 환히 보일뿐
법계의 하늘 높아지는데
법당마당에는
올해도 목련 흐드러지게 피었고
연못에 백련이 눈시리다.

한 복

생일을 맞아 선물 받은 한복
승복이 아닌 전통한복
선물膳物, 무슨 뜻일까?

―스님,
  한복 한 번도 입어보지 못하셨잖아요.
  때때옷이라고 여기고 입어 보셔요.

출가出家한 승려가 생일은 무슨
몇 해를 잊고 왔던 생일.

승복僧服을 옆에 벗어놓고
한복을 입고 두루마기 입고
방에서 한바퀴
마당에서 한바퀴
얼굴 붉히며 모델처럼 걷다보니
명절 맞은 아기 모습이라.

보시의 물품

신도님 제사祭祀가 있어
제수물건을 사러 갔다.

시장에서 건어물 가게를 하는 김 처사님
―스님, 멸치 한 봉지. 가져가셔요.
―미역도 좋은 게 들어왔어요.

만두가게를 하시는 오 보살님
―스님, 만두 좀 드셔요.
  어쩌나, 남은 게 고기만두네.

반찬가게 하시는 심 처사님
―스님, 아이들 가르치느라 몸살이 나셨다죠?
  조개젓 하고 간장게장 좀 싸드릴게요.

과일과 야채를 사서 차에 싣고
떡집에 들렀지.
―스님. 햅쌀로 만든 절편이에요.

모두가 고마운 생명의 양식.

코스모스 꽃길

길을 따라 길을 가고
발자국을 따라 길을 간다.

역대 선지식이 가르치신 활구법문
나를 찾아가는 이정표라 해도
화두도 잊고
내가 걸어온 길도 잊고
미망에 사로잡혀
대웅전의 문고리만 잡고 서 있다.

기도를 한들 깨우치랴
법문을 읽은들 화장세계를 이해할까
잠자리는 어지러워 마당을 돌고
풀 메뚜기는 살찐 몸 비비며
뛰어가 숨는구나.

이승의 삶은 유한한 것
끝이 보이는 언덕
일상이 두려워 경문 소리쳐 외워도

새벽을 깨우는 소리는 북소리
운판소리, 범종소리.

아침이슬 지는 길가에
코스모스만 이 풍진 가을에
반갑게 길을 열어놓고 있구나.

자 살

인간으로 태어나 가장 비겁한 일
자살自殺하는 일.

자살을 거꾸로 읽으면 '살자'
포기는 청년이 할 일이 아니야.
도전挑戰만 있을 뿐.

수억만 개의 정자精子 중에 생명의 씨로 선택받아
인간으로 태어난 나
얼마나 소중한 인연因緣인가.

─나는 왜 되는 게 없는지 모르겠어요.
─나는 구제불능이에요.
─저는 재수 없는 유전자를 가지고 태어났어요.
─사회가 싫어요. 다 불만이에요.

모든 사람 불만 없이 사는 줄 아니
인간사는 고통과 번뇌의 연속이야.
역사는 그런 소용돌이에서 만들어 져.

극복해야지.
노력해야지. 내 스스로 이겨야 성공하는 거야.

내가 얼마나 소중한 사람이니
그걸 알면 살아야지.
소리쳐야지
내 존재를 알리기 위해서라도.

까치밥

감나무꼭대기에 남겨 둔 까치밥
아침마다 까치가 쪼다가고

박새가 먹다가고
콩새가 먹고

바닥에 떨어트린 감

길고양이가
누구 나눠줄까 보다가
혼자서 먹고 있다.

감나무

나무가 자라면서
가슴속 깊은 곳 속살부터 썩는 나무
열매가 열릴 때마다
속살이 검게 썩어가는 감나무

그래서 제사상에 올리는 곶감
추석에는 단감
자식을 위해 몸을 희생犧牲하는
부모의 정 살피라는 뜻
달고 맛있는 홍시
목에 넘길 때마다 생각나는 부모님
감잎튀각을 먹을 때도
목이 메는 가을.

해를 거를 때마다
부러지고, 꺾어지는 나무
그래서 애처로운 감나무.

백마고지 역사에서

서울에서 원산까지
우리나라 동북을 달리던 경원선
6·25전쟁으로 허리가 끊겨
백마고지白馬高地 인근까지만 달렸다.

2015년 8월 5일
역사적인 유라시아 철도복원공사
첫 삽을 떴다.
1차 공사 월정리까지의 철도 복원 공사
얼마나 기다려왔던 꿈이었던가.
1967년 간첩에 의한 초성 역 폭발사고로
무산되었던 경원선 복원의 꿈

이 길을 따라 북유럽 철도여행
수출입 물량 소통되는 길이 된다면
바로 그것이 우리 민족에겐 대박이다.
통일의 지름길이다.

무명용사 묘역에서

고개가 숙여집니다.
가슴이 시립니다.
이름 있겠지만 부를 수 없습니다.

불어오는 바람
핏빛 얼굴로 울고 있는
베롱나무 가지를 잡고 눈을 감습니다.

육박전으로 전선의 보루堡壘 지키고
총열이 달아
맨몸으로 수류탄 들고 적진에 돌진하던 용사들
임들은 진정 대한의 국군이었습니다.

'나라를 지켜야 한다는 한 가지 생각'
조국의 부름이기에 달려 나갔습니다

전우들과 함께 한 시절인연
어찌 자랑스럽지 않겠습니까.
이름 모를 골짜기에서 당신들의 뼈를 모아

이곳에 모시고 우리는 추억追憶합니다.
당신이 얼마나
자랑스러운 대한의 아들이었는지.
영가 천도제

현해탄

대마도對馬島와 일본 본토 사이에
그어진 해상경계선 현해탄
우리는 한·일 해상국경선으로 믿고 있지.

하지만 그것은 조선시대의 일
지금은 제주도와 대마도 사이를
경계로 한 해상경계선
그렇게 알고 있을걸.

얼마나 많은 이들이
현해탄을 사이에 두고
가슴앓이 하며 울분에 살았을까?

예전의 경계선만치
우리 해역海域 침범侵犯한 경계선
알고도 모르는 척 그래야만 하나

숙명적宿命的 원한怨恨 관계
풀지 않고 어찌 공존共存의 세상
만들어 갈 수 있을까.

마음공부

마음속에 이야기 담는 그릇
사랑하는 마음
감사하는 마음
용서하는 마음
나눠주는 마음
은혜 하는 마음

친구들 한 자리에 모여
마음속 이야기 적는 백일장 대회
무엇부터 적을까

나비가 찾아와 보고가고
새들도 포ー로ー롱 머리위로 지나가고
내 마음 들킨 것은 아닐까?
원고지 칸을 메우면서 두근두근

표충사 四溟大師 석비

임진왜란 역사 중에
승장僧將 사명대사와 서산대사의 일화
빼놓을 수 있을까
조국의 운명
바람 앞에 촛불 같았던 시절
불살생不殺生을 진리로 배우던 스님들
분연히 일어서 왜적倭敵에 맞서 싸웠지.
호국불교護國佛教의 역사 새로 쓰던 그 날의 기개.

조총에 맞아 의연히 쓰러져도
내 조국을 지킨다는 사명감 하나로
죽창 들고 칼을 들고
소리쳐 달려가 적군을 베던 용기
세계전쟁사에서도 볼 수 없는 기록.

표충사에 세워진 석비石碑.
국가 위란 때마다
땀을 흘려 더욱 유명해진 사명대사 석비.
나라 없이 국가도 종교도 존재할 수 없다는
불퇴전不退轉의 각오 되새기는 상징이다.

함박눈

한겨울 월정사 눈길을 걷는다.
풍경소리보다 정다운 물소리
이 함박눈 속에
소리공양이 정겹다.

문득 나를 따라오는 발자국
눈을 밟는 소리
내가 눈을 밟는 것이 아니라
발자국이 나를 밀어내고 있구나.

문수동자 엎드려 경배하는 마당에는
함박눈이 백설 탑 쌓고 있고
오-옹 우는 산바람은
안거중인 스님 대신 법문을 읽고 있었네.

어깨 무거운 잣나무
어깨 흔들어 철썩 털어내는 눈 이불
입술파란 승려가 대신 맞고
공양 간에서 피는 저녁연기를 본다.

국립현충원에서

전장의 포성砲聲도 함성도 고요한 자리
배롱나무, 불두화佛頭花 흐트러진 언덕마다
잠든 우리의 선배들.

눈 감으면 전쟁터 그려지고
귀 막으면
육박전에 괴성을 지르는 피의 능선
그 산자락을 날던
나비의 후손들.
묘비墓碑를 쓸며 날고 있다.

고요한 산자락에 점호點呼를 하는지
가끔 찾아와 부르는 까치소리.
애잔한 진혼곡鎭魂曲이 아침을 깨우고
저녁의 문을 닫는다.

이제 그대들 추념 하리
조국위해 공을 세운 그대들의 넋
안식 찾을 때까지
조국의 번영위해 노력할 터.

흔적痕迹

자연으로 돌아가
한줌 거름흙으로 흩어지면
땅바닥을 기는 패랭이꽃이 되고 싶다.

슬프고 기쁘고 즐거운 표정
이승에서 못 지은 표정
여러 얼굴로 웃고 싶다.

지나가는 바람 불러 세어놓고
세상이야기 듣고
하늘 흐르던 구름 내려와
꽃밭을 적실 때
하늘이야기도 듣고
산골짜기 한 기슭 산나리 꽃이 되어도 좋지만
한포기 패랭이꽃이면 족하겠다.

가끔 윤회의 업을 받아
찾아오는 벌과 나비들
내가 만난 이승의 사람이 아니면
부처님 향한 기도 게을러도 되겠지.

절대 고독 孤獨

병원에 가면
아픈 사람으로 가득 차 있고
서원도 하늘에 사무쳐 있어.
—스님, 수술하면 살 수가 있다네요.

한적한 산길 옆 요양원에 가면
체념한 눈, 반가운 눈빛
—스님, 나 집에 다시 갈 수 있을까요?
—나, 다시 흙덩이 밟을 수 있을까요?

쪽방 촌 독거노인 사시는 지하방
햇살이 하루 반나절만 들어오는 집
인연 따라 물어물어 찾아가면
눈물이 그렁그렁
—스님, 스님께 공양할 게 없네요.
쌀 포대 대신 라면 봉지와 쌓여있는 약 봉투.

눈부신 햇살 쏟아지는 한 낮의 풍요
부처님 앞에 엎드려 발원한다.
'부처님, 시절인연이 너무 아픕니다.'

달빛 부서지는 절 마당에 나와서도
달려가는 달그림자를 지켜만 봅니다.

영가 천도제

이승에 와서 인연因緣 맺어
누구나 한 시대를 살다간다.
길고 짧음이 있을 뿐
누구나 희로애락 인생팔고를 겪는다.

본래 가지고 온 것이 없기에
이승을 떠날 때도
빈손으로 간다.
그래서 염습 의에는 주머니가 없다고 했지.

속세인연 간절하면
남겨진 뒤에 떠날 사람들
추모追慕의 정 애절하기만 할뿐.

그 기도소리 풍물소리에
되돌아보며 살아온 지난날 돌아보는 망자
바로 우리가 겪을 모습이다.
망자를 위한 마지막 보시
영가 천도제
시절인연 함께 한
남겨진 사람들 애증의 표현.

가지산 풍경소리

초판인쇄 · 2015년 9월 10일
초판발행 · 2015년 9월 17일

지은이 | 법공 스님
펴낸이 | 서영애
펴낸곳 | 대양미디어

출판등록 2004년 11월 제 2-4058호
100-015 서울시 중구 충무로5가 8-5 삼인빌딩 303호
전화 | (02)2276-0078
팩스 | (02)2267-7888

ISBN 978-89-92290-83-8 03810
값 13,000원

이 도서의 국립중앙도서관 출판예정도서목록(CIP)은 서지정보유통지원시스템 홈페이지
(http://seoji.nl.go.kr)와 국가자료공동목록시스템(http://www.nl.go.kr/kolisnet)에서
이용하실 수 있습니다.(CIP제어번호 : CIP2015024190)